AF202483

Anna Roth

Rosenduft
des
Lebens

Anna Roth

Rosenduft

des

Lebens

Umschlaggestaltung: Angelika Fleckenstein;
Coverfoto: © by Larissa Dening; 123rf Fotos
Foto S. 97: © by Vladimir Nemov; 123rf Fotos
Weitere Fotos: © 2013 by Anna Roth
Lektorat, Korrektorat und Satz:
Angelika Fleckenstein; spotsrock.de
Illustrationen: Bettina Roth

Verlag: tredition GmbH, Hamburg
ISBN: 978-3-8495-5028-8
Printed in Germany

Für meine liebe Familie

Einführung

Der Rosenduft des Lebens
begleitet mich durch den Tag
und hüllt mich ein in der Nacht.
Er durchwirkt den Alltag
und schenkt Muße der Seele.
Die Sorgen betört er
mit seinem Duft,
so dass sie
sich auflösen
fast in Luft.

Er schenkt Ideen,
das Leben zu gestalten,
das Ich zu ergründen,
sich neu zu erfinden.

So wünsche ich Ihnen
beim Inhalieren dieses
Rosenduftes
viele neue Inspirationen,
die das Leben
lebenswert machen.

***

Anna Roth
Königswinter, 30. August 2013

Inhaltsverzeichnis

Ach, schenke mir ein Lächeln

Ach, schenke mir ein Lächeln
nur einen Augenblick
und sieh, der Himmel öffnet sich
führt uns zurück ins Glück.

Gibt Frieden unseren Seelen
schenkt Zuversicht dem Sein
streift ab das Grau der Sorgen
lädt uns zur Hoffnung ein.

Hier schmieden wir die Pläne
und fassen wieder Mut,
zu gehen neue Wege
im Glauben – es wird gut.

***

Allein

Du bist so allein – es ist Sein Wille.
Der Mann, den Du geliebt, er musste gehn.
Gott hat ihn gerufen – Dich ließ Er stehn.

Du musst hier bleiben –
Dein Leben leben,
Deine Pflichten erfüllen –
alles geben.

Aber – hast Du noch alles?
Bist Du noch ganz?

Dein Alles hast Du doch ihm geschenkt.
Dein Ich hast Du dem Du gegeben.
Das Du musste gehen
und mit ihm Dein Ich;
zurück blieb nur – Deine Hülle an sich.

Du bist so leer.
Dein Innen entschwand
mit Deinem Geliebten ins Gottesland.

Jetzt stehst Du da
und schaust zurück
auf das verlorene Lebensglück.

Und wie soll es nun weiter gehn?
Kann eine leere Hülle
den Lebenskampf bestehn?

Sie muss sich neu erfinden,
ihre Identität – ihr Sosein
und muss sich neu entfalten
und neu gestalten ihren Lebensraum.

Wenn sie jetzt auf Gottes Hilfe baut,
und Ihm vertraut,
wird Er ihr schenken Lebenskraft
und mir ihr gehen ihren Weg.
Bis das Er einst sie ruft zurück
und ihr schenkt Paradiesesglück.

***

Ars amandi

Ist es eine Kunst – lieben zu können?
Oder ist es ein Geschenk – lieben zu können?
Kann nur der lieben,
der zuvor geliebt wurde?
Geht dem Liebenkönnen
das Geliebtwerden voraus?

Schauen wir in die Augen
eines glücklichen Kindes,
das viel Liebe erfahren durfte
und erfährt.

Schon jetzt beschenkt uns
dieses Kindelein,
wenn es uns anlächelt.
Sein Glück – ist unser Glück.

Unsere ganze Liebe
legen wir in das Kindlein hinein,
um zu formen
ein liebendes Sein.
So beschenkt
wächst das Kindlein heran,
und dann später
als Erwachsener dann
fühlt er ein inneres Bestreben,
das Geschenk der Liebe
weiterzugeben,

sich hinzugeben – zu verschenken
und eingetaucht in dieses Glück
denkt er an seine Kindheit zurück.

Und alle Liebe,
die er erfahren,
alle Liebe,
die ihm zuteil,
möchte er teilen.

Und so wächst von Neuem
ein Kindlein heran,
dass geliebt und glücklich
die Welt erblicken kann.
So beschenkt Ars amandi
die Generationen
und bleibt gerne dort,
wo die Liebe gelebt,
wo das Herz sich verschenkt
und so den Blick weitet

auf Gott hin,
der die Liebe ist,
der die Welt lenkt,
sie mit Seiner Liebe tränkt
und in das menschliche Herz einsenkt

und so das Übel sprengt,
damit Ars amandi
beherrsche die Welt.

***

Auferstehung

In jedem Leben
gibt es Auferstehung,
Auferstehung
nach dem Abstieg
in das Nichts.

Du glaubst,
es geht nicht mehr,
weil die Welt sich stellt
gegen dich?

Doch dann
auf einmal
scheint auf
ein Licht!

Du gibst
Deinem Sein
eine neue Sicht
der Tunnel öffnet sich.

Optimistisch
gehst Du
in den Tag –
lässt hinter dir
die Nacht.

***

Bayernmärchen – Champions-League

Bayernmärchen – Champions-League,
allein die Bayern schafften den Sieg.
Doch feiern durften sie noch nicht
denn der Triple war noch in Sicht.

Und als sie endlich alles geschafft
inklusive Deutsche Meisterschaft,
da ging es hoch her in der Presse
und die Bayern durften feiern,
so richtig feste.

Die Medien stellten fest sodann,
dass weltweit keiner so schnell
die Bayern besiegen kann.

So wünschen wir
dem Bayern Club,
dass es so bleibt
noch lange Zeit.

***

Benedetto Ade

Benedetto ade
scheiden tut weh,

zu überraschend kam der Schritt
und überhaupt,
wer kommt da noch mit?

Denn – bist Du nicht
der Fels in der Brandung?

Deine Theologie gilt.
Auf sie können wir bauen,
ihr fest vertrauen.

Deine Lehre ist Lehre –
ist keine Leere.

Du bist unser Lehrer,
bist unser Vater
und unser Berater

Du hast den Durchblick
und regierst mit Weitblick
universal Dein Kirchenvolk.

Wer könnte das können –
so wie Du?

Gott gab Dir die Gnade,
das Talent
und jetzt –
gehst Du fort,
lässt uns zurück,
sicher hast Du besprochen
mit Gott Deinen Schritt.

Dein Platz wird vakant.
Wer wird ihn besetzen?
Wird er halten
treu sein Versprechen
einzig allein
dem Willen Gottes
zu entsprechen
auch gegen und
trotz Widerstand?

So wollen wir uns
jetzt besinnen
und zu Gott
unsere Bitten bringen.

***

Brücke des Lebens

Gibt es die Brücke des Lebens,
über die jeder gehen muss,
die uns trägt durch den Alltag
auch bei Enttäuschung und Verdruss?

Ist sie individuell verschieden?
Müssen wir auf ihr das Gehen üben
oder wird sie uns in ein Viereck verschieben
aus dem wir zeitlebens versuchen zu fliehen.
Oder werden wir lernen unsere Brücke zu lieben?

Oder bauen wir unsere Brücke selbst
und geben ihr unsere Form
gemäß unserer Lebensnorm,
so dass sie trägt unser Gesicht,
so dass sie hält unser Gewicht
mit Kummer und Sorgen
und Alltagsstress
aber auch mit Hoffnung
auf das Morgen?

Ist sie zu hoch,
werden wir es nicht schaffen.
Ist sie zu schmal,
werden wir fallen.

So ist es klug,
der Lebensbrücke das Maß zu geben,
das wirklich passt zu unserem Leben
und wir auf ihr gut gehen können,
weil sie sich beuget unserem Wollen,
damit wir schaffen unser Sollen.

***

Carpe Diem

Carpe diem – nutze den Tag,
ist leicht gesagt.
Was ist genau gemeint?

Soll ich nur anpacken
ohne zu denken,
meine Aktivität
nur auf das „Jetzt" hinlenken?

Oder darf ich auch mal ruhn
und so gar nichts tun,
obwohl in mir der Geist aktiv
mich denken lässt
und ruhig planen,
mir Prioritäten zeigt,
die umgesetzt ins Sollen
das „Carpe diem"
verwirklichen wollen.

So dass Carpe diem
uns nicht hetzt,
sondern der Logik
den Vorrang lässt.

***

Cyborg

Was ist ein Cyborg?
Man sagt,
es sei ein Mischwesen
aus Organismus und Maschine.

Wie haben wir uns das vorzustellen?
Sind wir alle ein wenig Cyborg?
Ist uns das Menschsein
abhandengekommen?

Hat die Technik uns die Seele genommen,
so dass wir nur noch funktionieren,
unser Handeln automatisieren
und so unser individuelles
Denken verlieren?

Wer wird uns aus
diesem Dilemma führen?

***

Cunctus fluunt – alles fließt

Sind wir eingebettet im Fluss des Lebens
und so immer in Bewegung zu etwas hin?

Selbst im Schlaf fließt unser Leben dahin.
Was ist – wenn wir das nicht wollen
und einfach bleiben stehn
und treten auf der Stelle
und nicht mehr wollen gehn?

Wird uns der Fluss des Lebens packen
so dass wir schwimmen müssen in ihm?

Wenn es so ist – hätte er Sinn
und würde unser Sein bewegen
und ihm eine Richtung geben.

Aber wären wir dann frei,
auch gegen ihn zu schwimmen?
Oder wären wir von Sinnen,
wollten wir uns selbst bestimmen
und dem Lebensstrom entrinnen –
ihm eine andere Richtung geben,
die mehr sich anpasst unserem Leben?

So fließt der Strom des Lebens weiter
und bleibt unser Begleiter,
auch wenn wir die Richtung selbst bestimmen,
werden wir nie können
ihm gänzlich entrinnen.

✳✳✳

Das Gute

Was ist das Gute?
Glaubt nicht jeder,
dass etwas anderes gut sei?
Glaubt nicht jeder
zu wissen, was das Gute ist?

Aber woher weiß ich,
dass ich nicht irre?

Was wissen wir?

Wir wissen,
dass Gott uns die Erkenntnis gab
zu trennen Gut von Böse.

So folgt daraus,
dass gut ist,
wer das Gute tut.

Denn wenn wir schon naturhaft wollen,
dass es so sei,
so ist es uns nicht einerlei,
dem inneren Ruf des Gewissens
Beachtung zu schenken
und unser Tun
hin auf das Gute zu lenken
und zu erkennen unser Sollen
nach Seinem Wollen.

***

Der Würfel ist gewürfelt

Der Würfel ist gewürfelt.
Gefallen ist die Zahl.

Besiegelt ist das Gestern.
Das Heute bricht heran

und tritt ein in das Morgen
und würfelt leise mit

und legt die Spur des Weges,
der Morgen erst beginnt.

***

End – Entscheidung

Noch ist es Zeit.
Noch tickt die Uhr.
Wie lange noch?
Sekunden nur?

Noch kannst Du wenden
Dein Geschick.
Noch kannst Du bitten,
nimm mich mit
hinauf zu Dir –
verzeihe mir.

Nicht immer
war ich gut zu Dir.
Nicht immer
glaubte ich an Dich,
oft kam der Zweifel,
gibt es Dich?

Oft kam die Frage,
was wird aus mir?
Gibt es ein Später,
wenn ich gehe von hier?

Gibt es ein Leben
nach dem Tod?
Soll ich es wagen,
Dir meine Schuld zu sagen,

darauf bauen,
dass Du mich liebst,
darauf hoffen,
dass Du trotz allem
eine letzte Chance mir gibst?

Oh Du mein Gott,
was geschieht in mir?
Es zieht mich die Sehnsucht,
die nie ich empfand
jetzt –
liebestrunken
hin zu Dir.

Obwohl ich zu schwach,
zu hauchen das Wort
spricht mein Herz zu Dir
verzeihe mir.

***

Erkennen – Denken – Wollen – Tun

Wir können nur denken
was wir erkannt,
und können nur wollen,
was wir gedacht.

So gilt alles Tun
als Frucht der Dreiheit,
auch wenn vieles automatisch gemacht,
weil es im Alltag fest verankert
routinemäßig abgehandelt.

Aber neue Erkenntnis
braucht ihre Zeit,
bis dass sie erkannt –
gedacht werden kann.

Der Wille
setzt sie dann ins Tun,
wenn er nicht will,
dass die Idee soll ruhn.

***

Franziskus 1

Hallo Franziskus,
bist Du der Papst,
wo jeder mit muss?

Der aufschließt die Herzen
mit einem Wort,
der öffnet den Blick
vom Unwesentlichen fort
hin zu dem,
was wirklich zählt.

Zu lange sind wir wohl genährt
den Weg der Bequemlichkeit gegangen,
beschwert mit Ballast
an dem Gott nicht hat Gefallen.

So führst Du uns jetzt
den steilen Pfad hinauf,
um zu bauen
unsere Kirche wieder auf.

***

Franziskus 2

In unserem Lande kaum bekannt
man staunte,
als sein Name genannt
und er plötzlich auf der Loggia stand.

Ein sonderbares Schweigen ging von ihm aus.
Ganz ruhig blickte er auf die Menge.
Die Menschen schauten zu ihm hinauf.
Stille überbot das menschliche Gedränge.

Er blickte sie an.
Sie blickten ihn an.

Ob daraus etwas werden kann?

Doch dann kam sein Wort so väterlich
und Jubel erfasste den Petersplatz.

Er bat zum Gebet
und vergaß Benedikt nicht
und alle folgten
mit nachdenklichem Gesicht
und im Herzen froh.

Was ist das für ein Papst,
der alle aufruft zum Gebet
einfach so?

Man sagt, er sei bescheiden,
sein Herz sei bei den Armen.
So möge Gott ihm schenken
Sein göttliches Erbarmen
und ihm geben von Seiner Kraft,
ihn erleuchten mit Seinem Geist,
damit er die Kirche führe
in eine neue Zeit.

Sie erneuere von Innen her.
Sein Name Franziskus sei Programm,
so dass er die Kirche aufbauen kann,
damit sie erstrahlt in neuem Glanz
dem Willen Christi gehorsam ganz.

So trägt Franziskus eine schwere Last,
die kein Mensch ohne Gnade schafft.
Gott fordert von ihm sein ganzes Sein,
er gehört nicht sich selbst,
sondern Gott allein.

***

Freiräume

Wir brauchen Freiräume
für unsere Träume,
für unsere Sehnsucht,
die unser Herz erfüllt
und unsern Hunger stillt,

Hunger nach Geborgenheit,
Hunger nach ein wenig Zeit
für die Dinge,
die wir lieben,
für die Dinge,
die individuell
einzig uns
ins Herz geschrieben.

Und bitte,
lasst es geschehen
ein wenig zu träumen
und schenkt Euch selbst
ein wenig Zeit,

um einzutauchen
und zu verkosten
von dem Freiraum,
der uns erwartet -
in der Ewigkeit.

***

Genie

Du bist ein Genie.
Vielleicht weißt Du es nicht
oder willst es nicht wissen
jedoch klar ist,
dass Du als Genie
immer auch exzentrisch bist,

nur so kannst Du geben
Deinem Werk ein Gesicht,
nur so kann es tragen
Dein Gesicht,
Deine Identität.

Deine Seele tritt aus
in das Werk hinein.
Dein Selbst wird leer,
um zu füllen Dein Werk.

So transzendiert
Dein Ich - in das Es.
Fortwährend lebst Du
im Grenzprozess,
in einer seelischen Not
zwischen Leben und Tod.

Wirst Du es schaffen
Dich einzuholen
und rück zu koppeln in Dein Ich
und trotzdem
Deinem Werk lassen –
Dein Gesicht?

***

Germany mit Herz

Germany
braucht wieder ein Herz
und weniger Gesetz
und weniger Neid,
damit Friede sei
und kein Streit.

Sitzen wir nicht
alle in einem Boot
ob arm – ob reich?
Sind wir vor Gott
nicht alle gleich?

So lasst uns doch ziehen
an einem Strang
und gemeinsam
es packen an,

nicht mit dem Finger zeigen
von sich weg – auf das Du,
sondern tun -
was man kann.

Und wenn wir sodann
mit Gottes Hilfe
es packen an,
wird das Werk
gelingen sodann.

***

Glaube – Hoffnung – Liebe

Diese drei göttlichen Tugenden
begleiten uns durch unser Leben,
wenn wir sie einlassen
in unser Herz.

Und wenn wir glauben,
dass es Gott gibt.
Und wenn wir hoffen,
dass Er uns immer vergibt.
Und wenn wir Ihm vertrauen
und auf Seine Liebe bauen,
die Er uns niemals entzieht.

Dann geht Er mit uns
bis in den Tod hinein
und mit ihm hindurch
um zu führen
uns hin zu Ihm.

Denn bei Ihm allein
finden wir das Glück,
das vollkommen ist,
das Sinn schenkt
unserem Sein.

***

God save the Queen

Elisabeth die Zweite
wirst Du genannt,
und bist der Welt
als pflichtbewusst bekannt.

Schon in jungen Jahren
musstest Du ran,
und regieren
als Königin sodann.

An Deiner Seite
Prinz Philipp, dein Gemahl.
Er gibt Dir Halt
in schwieriger Zeit

so trägst Du nicht allein
die Last der Krone,
nein – zu zweit
sorgt Ihr beide
für des Volkes Wohle.

Trotzdem blieb Dir
Kummer nie erspart,
ob familiär – ob der Staat.
Du kennst keine Ruhe,
gehst mutig voran,
bist Vorbild Deinem Volk.

Trotz schwerer Stunden
bleibt Dir Kraft für den Humor.
So feierst Du Feste
mit Deinem Volk,
dass Dir dafür
fröhliche Dankeshymnen zollt.

So wünschen wir Dir weiterhin,
„God save the Queen".

***

Himmel trifft Meer

Da wo der Himmel das Meer berührt,
da wo die Welle den Sand umspült,
da wo die Möwe die Stille durchbricht,
da wo der Felsen leuchtet im Licht,

da wo die Seele sich an Gott verliert
und ihre Liebe zu Ihm sich neu gebiert,
da wo das Auge die Weite erfährt
und von der paradiesischen
Schönheit sich nährt,

da lass uns verweilen
und nie mehr eilen,
da lass uns unsere Hütte bauen
und Ihm uns ganz anvertrauen,
um ein wenig aus der Zeit
zu schauen in die Ewigkeit.

✳✳✳

Ich bin schwach

Ich bin schwach.
Allein vom Herrn
kommt alle Kraft
mein Leben zu gestalten
gemäß der Gnade,
die ich von Ihm erhalten.

Möge Sein Antlitz
ein wenig in mir aufscheinen
trotz meiner Schwachheit.

Denn in die Schwachheit hinein
schenkt Er das Vollbringen
jedem, der Ihn darum bittet.

So strahlt in der
menschlichen Schwachheit
Sein unwiderstehliches
göttliches Licht auf,
das die Schwachheit
in Stärke verwandelt.

***

I love You

Ich liebe dich
die Seele spricht.

Du bist mein Alles
Du mein Ich.

Ohne Dich – geht es nicht.
Ohne Dich – mein Herz zerbricht.
Ohne Dich – bin ich nicht Ich.
Ohne Dich – verlier ich mich.

***

Ich trifft Du

Ohne Dich – kein Ich.
Du durchwirkst mein Gesicht.
Ohne Dich – finde ich mich nicht.

Du allein – bist die Spur
auf der ich mein Ich verlier
um mir näher zu kommen
in Dir.

Denn ein Ich,
das verweist nur auf sich
löst sich auf
in das Nichts,

kann nicht bleiben
was es ist,
wird zerfallen
dann in sich,
um zu enden
als Nichts,

hinterlässt
auch keine Spur
ist reduziert
bleibend auf „Nur".

***

Ja – aber

Ich möchte so gern –
„ja - aber"
hält meinen Wunsch
von mir fern.

Denn in mir
ist allzeit zugegen
ein automatisches Bestreben
allem ein „ja – aber"
zu geben,

das alles bremst,
was gerade kam in Gang.

Und so stehe ich weiter
auf der Lebensleiter
und komme
keine Stufe weiter,

weil „ja – aber"
es nicht schafft,
meinem Willen zu geben
die Kraft,
sich schnellstens
von „aber" zu trennen,

um dann
mit einem forschen „ja"
endlich zum
Wunschziel zu rennen.

***

Jesus – wo bist Du?

Tag und Nacht
schrei ich zu Dir
bitte – hilf mir.

Tag und Nacht
bet' ich zu Dir
und merke nichts –
bist Du nicht hier?

Auch Deine Mutter
lässt mich allein
trotz Rosenkranzbeten,
muss das so sein?

Kennt Ihr mein Innen nicht?
Wisst Ihr nicht,
dass es zerbricht
am Holz des Kreuzes,
das Du, Jesus, mir gegeben.

Hast Du es ungewogen
mir einfach aufgelegt?

Obwohl Du weißt
ich werde brechen,
da Deine Last
mir ist zu schwer.

Obwohl ich weiß
Du willst mich testen
schreit es aus mir
mein Jesus –
ich kann nicht mehr!

Zeig mir doch bitte,
dass Du mich liebst
und mir Maria
als Kreuzträgerin
zur Seite gibst.

Wie lange noch
lässt Du mich darben?
Wie lange noch
lässt bluten Du
von neuem meine Narben?

Wird es je ein Ende geben
der Leidensnacht
in meinem Leben?

Komm –
gib mir neuen Mut!
Komm –
gib mir von Deiner Kraft!

Mach
heil meine Seele,
damit sie wieder
den Alltag schafft!

Denn Du bist doch
die Liebe an sich.
Ohne Dich –
kann ich nicht.
Nur mit Dir
kann ich tragen,
was Du mir gibst;

aber nur,
wenn ich weiß,
dass Du mich liebst,
darum dein Kreuz
aus Liebe mir gibst,

um mich näher ziehen
zu Dir,
und mich ähnlicher machen
Dir.

***

Jetzt – Zeit

Was verstehen wir unter „Jetzt-Zeit"?
Fühlen wir uns ihr ausgesetzt?
Müssen wir im Jetzt agieren?
Darf nicht etwas auch später passieren?

Sicher ist das so nicht gemeint.
Denn Jetzt-Zeit
ist wie alle Zeit eine Zeit,
die schon vorbei scheint.
Denn Jetzt –
ist nur der Augenblick,
der schnell entrückt
uns immer schon zum nächsten führt,

hier angekommen –
ist er schon vorbei,
so stehen wir im Dreierlei:
im Jetzt – Vorbei – und noch Bevor.

So ist es klug – sein Ding zu tun
und nicht zu hetzen nach der Uhr,
damit wir nicht im Laufschritt nur
der Jetzt-Zeit alle Achtung schenken,

sondern still werden und innehalten
und uns lassen inspirieren und lenken
von der Weisheit des Geistes,
der uns aufzeigt den Lebensplan,

der sich nicht anpasst der Zeit sodann,
sondern sich über sie stellt
und sie einbindet
in das Leben der Welt.

***

Kinderträume

Erinnerst Du dich
Deiner Kinderträume,
zu schweben durch die Lüfte,
vorbei an den Wolken,
hoch oben zu den Sternen,
den Mond begrüßen,
die Sonne kennenlernen?

Tagsüber bautest Du dir
Deine eigene Welt,
im Sandkasten
unterm Himmelszelt.

Du sahst die Vögel
ganz oben fliegen,
oder sich in den
Baumkronen wiegen.

Am Abend,
an Deinem Bettchen dann
saß Mama,
die Dich liebevoll
in die Arme nahm,

und Dich mit einem
Märchen beglückte,
mit Dir betete
und Dir Deinen Engel schickte,

auf dass er gebe
auf Dich acht
und Deine Wege
stets bewacht.

Dann fielen dir
in sanfter Ruh'
allmählich Deine Äuglein zu.

Und lächelnd versankst Du
in einen Traum
eine Prinzessin zu sein,
in schönen Gewändern
mit goldener Krone,
wo der Märchenprinz kommt
und Dich führt zum Throne.

Wo ihr dann lebt
glücklich zu zweit
im paradiesischen Schloss
für alle Zeit.

***

Krawattenträume

Spieglein – Spieglein an der Wand,
wer ist die Schönste im Krawattenland?

Jeden Morgen neu
erwacht die Hoffnung,
bin ich heute dabei?

Werde ich gefallen
oder sind meine Streifen zu breit,
so dass er wieder nicht ist bereit
mich zu tragen,
obwohl er einst
mich wollte haben?

Schon lange hänge ich im Schrank,
Auch meine Freundin ist ganz krank,
weil sie nie mehr das Licht erblickt
und bleiben muss im Schrank zurück.

So blicken wir uns traurig an,

ob man da nicht was machen kann?

Ja – wir schmieden einen Plan.

Wir werden uns ganz neu erfinden.

Uns gegenseitig neu beklecksen

in schreiend greller Quadratur.

Und – sieh mal an,

am nächsten Morgen in der Früh

fällt starr sein Blick auf sie.

Kurz entschlossen dann

bindet der Krawattenmann,

eine von den beiden an,

so dass die andere denkt sodann,

gewiss – bin ich dann morgen dran.

***

Lebensrose

Wofür steht die Lebensrose?
Sind wir stets in ihrem Blick?
Begleitet sie uns durch das Leben
oder hält sie sich dezent zurück?

Was ist ihr Erkennungszeichen,
tut sie sich kund durch ihren Duft?
Oder will sie Freiheit schenken
und nicht unsere Schritte lenken
solange wir vernünftig denken?

Doch kommen wir
vom Wege ab,
haucht sie sodann
uns zärtlich an,
um uns zu ziehn
in ihren Bann,

so dass mit
sicherem Gefühl,
wir kommen
an das Lebensziel.

***

Lebenswürfel

Gibt es ihn,
den Würfel des Lebens,
wo Du würfelst
nicht vergebens
um dein Tagesglück?

Oder würfelst Du vergebens
betört vom Augenblick?

Oder ist dein Leben
schon gewürfelt,
bevor Du selbst agierst?

Nein – das darf nicht sein!
Als freies Wesen
würfelst Du allein dein Leben.

Es steht Dir frei,
dem Würfel
neuen Schwung zu geben,
frisch auf – zur neuen Zahl!

Versuch es mal –
und fasse Mut,
habe Vertrauen,
warum –
soll es nicht werden – gut?

***

Liebeshauch

Dein Liebeshauch
durchdringt mein Sein,
schenkt Flügel mir,
senkt sich tief ein
in meine Seele,

so dass sie springt
und tief in mir singt,
den Liebeshauch
zum Klingen bringt,
der Deiner Liebe
zu mir entspringt.

***

Liebeszauber

Liebeszauber
Sehnsuchtstraum
berühre mich
und schließ
mich auf,

durchdringe mich
und bleib bei mir,
gib mich nicht auf,
verlass mich nicht.

Sei Du ein Teil
von meinem Ich,
bis dass mir einst
das Auge bricht.

***

Mein Schutzengel

Schon seit Kindertagen,
kann ich meinen Engel fragen
und ihm meine Sorgen sagen.

Er ist mir von Gott gegeben,
mich zu begleiten durch mein Leben,
mich zu behüten und zu lenken.

Vor Gefahren zu bewahren,
um mir ganz leise dann zu sagen,
wohin Gott will mich haben.

Folge mir – ich werde Dich tragen
mutig dann durch alle Gefahren,
so dass wir beide sicher dann
einst kommen gemeinsam bei Ihm an.

***

Mozarttorte

Wenn Du in Wien bist,
dieser herrlichen Stadt
mit ihrer vielfältigen
historischen Pracht,

dann bitte probiere sie,
bevor Du gehst fort,
die leckere Mozarttorte,
die hier zu Hause,
an diesem Ort.

Nie wirst Du sie vergessen,
unwiederbringlich senkt sie
leise unmerklich fein,
Sehnsuchtsspuren
in dein Herz hinein.

So soll es sein,

so soll es bleiben,

denn Mozartorte und Wien

gehören zusammen,

so wollen voneinander

nicht scheiden.

✲✲✲

Mozarttorte des Lebens

Gibt es die Mozarttorte des Lebens,
wo alles gut klingt,
die wunderbar schmeckt,
so dass das Leben gelingt?

Gibt es ein Leben
ohne Schmerz,
ohne Entbehrung,
wo nie weint das Herz?

Es wäre zu schön
um wahr zu sein,
trüge nicht jeder
auch des Lebens Pein.

Aber – darf deshalb
keine Mozarttorte sein?
Sie lächelt uns so freundlich an,
dass man nicht widerstehen kann.

Sie schenkt uns ein
neues Lebensgefühl
und hilft uns vergessen,
wenn wir sie dann essen
die Schattenseiten des Lebens,

so dass wir wieder
in das Dunkel hinein
ein Lichtlein sehen
und positiv denkend –
weitergehen.

***

Multitask

Hilfe – ich bin ein Multitask;
ein I-Pad links – das I-Phone rechts,
die Augen aufs TV gerichtet,
gleichzeitig gezielt gesichtet
per Klick das neue Style-Programm,

um sofort im Laufschritt dann
einen Latte zu probieren,
ein Baguette mir einzuführen,
dabei die News zu inhalieren,

um nach vier Minuten dann
ein neues Projekt zu anvisieren,
das entfernt per Autobahn
ich sehr schnell erreichen kann.

Oh – ich seh den Himmel blau.

Die Sonne scheint – ich merk's genau.

Das Leben ist schön – so mag ich es.

In vollen Zügen auszukosten

Glücksmomente für Sekunden,

die pulsieren noch nach Stunden

tief in meiner Seele drinn

und schenken mir als Multitask

das sichere Gefühl –

mein Leben hat Sinn.

***

Nichtwissendes Wissen

Als wir dahinflogen
an den Jahren vorbei,
da waren wir wie Träumende
alles – war uns einerlei.

Wir wollten alles besser machen
und wussten alles besser;
und merkten nicht,
dass wir nicht wussten,
dass wir nicht wissen.

So führte unser Weg derweil
leider an der Lösung vorbei,
weil wir gaben
nur unser Wissen hinein
in den Formelteig des Lebens.

Bis wir nach vielen Irrungen
dann endlich bereit
um unser Nichtwissen zu wissen
und den Formelteig des Lebens
mit Fremdwissen neu zu mischen,

ihn zu öffnen, zu ergänzen,
ihn zu würzen, zu gestalten,
bis dass er aufging
und sich konnten in ihm
die vielfältigen Facetten des Lebens
voll entfalten.

✳✳✳

Nolens Volens

(Nichtwollend wollend)

Besteht nicht unser ganzes Leben
aus nolens volens,
wir wollen nicht und wollen doch?
Wir wollen doch und wollen nicht?

Wir wissen nicht was richtig ist.
Im Letzten bleibt ein Zweifel zurück,
werden wir finden unser Lebensglück?

Oder gibt es das Glück des Lebens nicht,
so dass es ganz einerlei ist,
ob wir nolens oder volens wählen.

Am Ende wird nur eines zählen,
was wir mit unserer Begabung gemacht.

Kam sie zum Einsatz –
gaben wir auf sie Acht?
Haben wir auch Fehler gemacht?

Denn ohne sie wird Reife nicht wirklich.
Das Ja zu unserem Nein – muss sein.

Gestehen wir doch unsere Schwächen ein,
weil nur daraus erwachsen kann,
der Same des Seins an sich –
unser wirkliches Ich.

***

Oh Seligkeit

Oh Seligkeit getauft zu sein
dem Herrn will ich gehören.
Er taucht mich tief
in Seine Liebe ein,
wo niemand kann
uns stören.

Er ist mein Vater,
ich Sein Kind,
uns beide
kann nichts trennen.

Und hab ich Kummer,
vertrau ich blind.
Er wird mir helfen
aus der Not.
Nie wird er mich
bedrängen.

Drum werde ich
bis in den Tod
an Seinem
Herzen hängen,

und warten auf
den Augenblick,
wo Er mich wird
beim Namen nennen.

***

Pas-de-deux

Ist der Schritt zu zweit leichter
als der Schritt allein?
Ist es schwerer einsam zu sein?

Gibt uns der pas-de-deux
den Schwung ins Leben?
Schenkt er uns den Takt,
damit wir das, was Fakt,
leichter nehmen?

Macht er uns froh?
Fliegen wir dahin
im pas-de-deux
durch unser
Soll schlechthin?

Ja dann bitte –
nehmen wir beide
uns an die Hand
und schwingen uns
im pas-de-deux
ins gelobte Land.

Dort schauen wir lächelnd
noch einmal zurück.
Ja wirklich –
der pas-de-deux
schenkt Lebensglück.

***

Positiv denken

Positiv denken,
Deine Gedanken hin
auf Hoffnung lenken,
nicht den Haken suchen,
der die Hoffnung stört.

Nein – konsequent
Dein Ziel verfolgen,
konsequent die
kleinen Schritt gehen
und Du wirst auferstehen
aus Deiner Lethargie

Auch wenn es manchmal
rückwärts geht,
schau nach vorne
und halte im Blick,
was geht.

Dann erfährst Du Weite,
trittst heraus aus der Enge,
wirst glücklich, bist froh,
bitte – weiter so.

***

Prinz George Alexander Louis von Cambridge

Lang ersehnt – nun endlich da
Prinz George – der Superstar.
Am 22. Juli 2013
erblickte er das Licht der Welt.

Eine ganze Nation feiert
mit Kate & William
im wärmenden Glanz der Sonne.

Nun ist es geschafft –
paradiesisch perfekt,
das Royal-Baby lächelt
und erwärmt die Herzen.

Möge die Freude nie enden,
das Glück sich nie wenden
und Gott Seinen Segen senden,

Er sie halten in Seinen Händen,
so dass William & Kate ganz ohne Sorgen
mit Klein-Georg gehen in das Morgen.

***

Reden ist Gold

Reden ist Gold.
Du hast es gewollt,
das Wort ist gerollt
und zahlt seinen Sold.

Oder war es an der Zeit,
sie zu nehmen zu zweit,
um zu prüfen das Wort,
es zu öffnen immerfort,

es zu gestalten, zu entfalten,
zu kneten, zu kauen,
zu verdauen,
neu auszuspucken,
auszuschreien,
dem Du dann
ins Gehirn zu drucken,
das es nicht will,
weil es noch nicht reif –
das Ich?

Doch dann ganz plötzlich
wird es neu, rollt es heran
einem Tsunami gleich,
der einfällt ins Gedankenreich
sich Bahn bricht
in die Seele dann.

Dort wird es
hin und her gewogen,
vertont,
mit Goldlack überzogen.

Jetzt glänzt es auf –
das Wort,
das Klarheit brachte,
eine neue Sicht entfachte
und sich golden prägte ein,
in das Sein.

***

Rosenduft des Lebens

Rosenduft des Lebens,
wie riecht er,
wie schmeckt er,
bemerken wir ihn überhaupt?

Oder tastet er sich heran
und durchwirkt uns
mit seinem Duft sodann,
den nur das Du im Ich
wahrnehmen kann.

Dagegen das Ich im Ich
bemerkt ihn nicht,
weil der Duft des Lebens
heraustreten muss
aus der Enge des Ich,

um sich neu zu erfinden
und die Enge zu weiten,
sucht er das Du.

Hier will er inkarnieren,
inklusionieren und so
intensivieren und uns
gefangen nehmen
in seinen Duft,

uns anhauchen und exportieren,
so dass das Ich
nur eines will,
sich im Rosenduft des Lebens
an das Du verlieren.

***

Rosenduftseele

Wie ist sie zu denken,
die Rosenduftseele?
Hat sie ein Sein?
Das kann nicht sein –
oder doch?

Denn die Seele
ist doch das Sein an sich.
Und bezeugt nicht ihr Duft,
dass sie ist?

Immerzu verschenkt
sie sich in Liebe
an das Erdengrau
und verleiht ihm
ein Hauch von Idylle

im Farbenspiel
von himmelblau,
im Duftgewand
der Frühlingsfülle.

Und so durchwirkt sie
den Erdenteig,
der dann ganz sanft
den Menschen befreit

vom Erdenzwang
und ihn emporhebt
zum Himmel dann.

✷✷✷

Rosengeflüster

Zwei Rosen treffen sich.
Sie erkennen sich am Duft.
Die gleiche Harmonie
veredelt die Luft.

Der gleiche Boden
brachte sie hervor.
Freude kommt auf.
Zärtlich hauchen
sie sich gegenseitig
ein Geheimnis ins Ohr.

Bis ans Ende ihrer Tage
wollen sie dicht
bei einander stehn;
und die eine – die andre –
nicht lassen gehen.

Ja sie wollen sich
verschenken und beglücken
und niemals auseinander rücken.
Denn diese rote Blütenpracht
und dieser Duft
ihre Liebe zueinander
ständig neu entfacht.

Lächelnd wollen sie
gemeinsam sterben,
wenn ihre Zeit
gekommen ist,
so dass ihre Anmut
auch im Tode
nicht erlischt.

✱✱✱

Rosenkleid

Tragen wir alle ein Rosenkleid
nicht wissend – nicht erahnend,
wie es nach innen wirkt
und nach außen hin erscheint?

Umgibt uns die Rose,
die uns entzückt –
uns aus dem
Alltagsgrau entrückt?

Oder laufen wir gar
in Rosengewändern,
die nicht zu uns passen,
die wir wollen verändern?

Oder umgibt uns
ein Geheimnis,
das zeitlebens
uns begleitet,

dessen Lösung
wir nicht finden,
da wir uns nicht
selbst ergründen
können bis zum
Seelengrund?

Die Rose bleibt
gehüllt in Seide
gibt sie ihre
Identität nicht kund.

Zärtlich flattert sie im Wind
und lässt die Frage offen –
wer wir sind.

Doch eins ist sicher –
ein von Gott
geliebtes Kind.

***

Rosentee des Lebens

Kennst Du den Rosentee des Lebens,
der Deinem Alltag schenkt etwas Muße,
der darauf wartet probiert zu werden
nur so – zum Genusse?

Gönne ihn Dir
und verbleibe bei ihm
dann wird er Dich
neu inspirieren
und Dich motivieren

herauszutreten
aus Deiner Grenze,
die Du Dir selbst bereitet.

Er wird Dir gut zureden,
Dir Kraft geben,
den Neubeginn zu wagen
auch nach vielen Jahren.

***

Rosenwalzer

Seine Blüten flattern im Takt
und das ist Fakt.

Sie wirbeln leicht um uns herum,
die Rosenblüten – stumm,
und fangen uns ganz sachte ein
in ihr Sosein,

so dass wir uns mit ihnen drehen,
die Arbeit einfach lassen stehen.
Denn diesem Rosenwalzerzauber
können wir nicht wiederstehen.

***

Rosenwort

Leise klingt es in Dir fort –
geht es mit Dir – da und dort,
wechselt nicht von Ort zu Ort,
nein – es bleibt Dein.

Es ist nur für Dich erdacht.
Selbst wenn Du im Traum – es wacht.

Nur Dein Herz versteht den Klang,
nur bei Dir innen – kommt es an.

Du hast die Hauchung – Du allein.
Du hast den Schlüssel – lass es ein,
damit es in Dir wirken kann
und Dich bezaubern –
ein Leben lang.

***

Sankt Martin

Sankt Martin – Du wirst sehr verehrt.
Dein Festtag ist beliebt und begehrt.

Wenn Du kommst
geritten auf dem Pferd,
dann sind die Kinderherzen froh
und ihre Laternen leuchten
hinein in die Dunkelheit.

Singend begleiten sie Dich zum Feuer
und möchten gerne so werden wie du,
die Armen beglücken mit einer Gabe,
mit ihnen teilen ihre Habe.

So schlafen sie glücklich
und lächelnd ein
und werden im Traum
noch bei Dir sein,
und Dir singen ganz leise sodann,
Sankt Martin, Du bist ein guter Mann.

***

Seelenschlaf

Gibt es den Seelenschlaf,
der Frieden schafft
oder setzt er Dir ein Ende,
weil nur die Seele
Dich belebt,

Dein Herz erhebt
zum freudigen Klang,
wie die Vöglein
den Himmelsgesang?

Kann die Seele schlafen?
Ist ihr nicht Unsterblichkeit gegeben,
die bewegt das menschliche Leben,
in ihm freisetzt höheres Streben
weg von sich – hin zu Ihm?

So kann die Seele niemals ruhn.
Ständig ist sie bestrebt
im Menschen das Gute zu tun,
ihm zu leuchten seinen Weg,
damit er am Ende
sein Ziel nicht verfehlt.

***

Sie wussten nicht –
dass sie nicht wissen

Sie wussten nicht,
dass sie nicht wissen
und wollten nicht
ein Mehr an Wissen,
weil sie glaubten
alles zu wissen

und nicht merkten,
dass ihr Wissen
inzwischen -
ein Nichtwissen.

So fanden sie
die Lösung nicht
und blieben
auf der Stelle stehn

und konnten nicht
mehr weiter gehn,
und ihrer Unwissenheit
nicht mehr entfliehn.

Weil sie ihr Wissen
nicht hinterfragten
und neuem Wissen
die Tür verschlossen,

erkannten sie
ihre Unkenntnis nicht
und wollten nicht wissen,
was sie nicht wissen.

***

Sissi

Dein Leben verlief
nicht in geraden Linien.
Schon früh traf Dich
der Lebensschmerz.

Er ließ in Dir
die Sehnsucht zurück,
die bis zum Ende
durchbohrte Dein Herz.

Gebrochen – enttäuscht
verlorst Du Dich ganz,
trotz allem Lebensglanz,
den Du auch gekannt,
den Du auch geliebt.

Doch am Ende
Dir nichts mehr blieb.
Selbst die Hoffnung
allmählich entschwand.

Enttäuscht gabst Du auf
rein äußerlich –
doch Dein Innen –
die Welt weiß es nicht.

So möge der Herr Dir
Dein Leiden wandeln
und großzügig
Deine Sehnsucht stillen,

die die Welt
nicht stillen kann,
die sich erst dann verwirklicht,
wenn man bei Ihm kommt an.

***

Sonst Nichts

Einfach da sitzen,
dem Wind lauschen
und die Wellen
rauschen lassen,
sonst nichts;

einfach da liegen,
und die Möwen
quatschen lassen,
den Oleander riechen,
sonst nichts;

einfach träumen,
alle Sorgen entsorgen
und in der Zeit baden –
sonst nichts!

***

Stein

Kann ein Stein
lebendiges Leben sein?
Kann er uns führen
in eine andere Welt hinein?
Kann er Unterbrechung
des Alltags sein?

Auf unseren Wegen
sehen wir oft
vor uns liegen
einen Stein.

Seine Schönheit
lädt uns ein,
ihn aufzuheben,
zu betrachten,

ihn farblos glänzend
zu lackieren,
ihn anzulächeln,
zu berühren,

ihn ins eigene
Heim zu führen
und dort auf einen
Ehrenplatz zu codieren.

Dort darf er ruhn,
uns inspirieren,
uns Muße schenken
zum freien Denken

und unsere
Phantasie hin lenken
auf die schönen
Dinge des Lebens,

so dass wir tun – trotz Nichtstun,
so dass wir ruhn – trotz Nichtruhn

***

Sternenhimmel 2

Sternenhimmel,

Liebeszelt,

Rosensehnsucht,

Märchenwelt,

ach wie ist es wunderschön,

Dich von unten anzusehn.

Deine Sterne strahlen lieblich,

leuchten gerne mir den Weg.

In der bitterkalten Nacht

lächeln sie mir freundlich zu,

berühren mich und halten Wacht

und legen sich erst dann zur Ruh,

bis ich sanft schließ die Augen zu.

***

Tête-à-tête

(Kopf an Kopf)

Zwischen Glauben
und Vernunft

Kann der Glaube
an Gott vernünftig sein?
Oder bilden wir
uns nur gutgläubig ein,

dass es einen Gott
geben muss,
der uns liebt,
der uns vergibt,
der uns zu sich zieht,
obwohl wir es nicht verdient?

Was denkt die Vernunft?
Denkt sie nur vordergründig
das – was real,
das – was ist,
das – was sie ergründen kann?

Oder ist sie so frei
über sich hinaus zu denken
zu Ihm hin?

Und lässt sich nicht eingrenzen,
auf das, was man erkennt,

auf das, was die Welt so denkt,
auf das, worauf die Wissenschaft
unwissenschaftlich den Blick lenkt?

Dann ist sie auf dem rechten Weg.
Dann schenkt Gott ihr die Gnade
zu erkennen,
dass die Welt nicht in sich selber steht,
dass es über die Vernunft hinaus
weiter geht,

dass göttliche Weisheit
dem menschlichen Verstand
nicht entgegensteht,
sondern aufzeigt

einen neuen Weg
im Licht des Glaubens
und der Vernunft,

einen Weg –
der n i e zu Ende geht,
der uns weitet, uns befreit
aus der Enge unseres Denkens,

der uns eintaucht
in Seine Weisheit,
die wir n i e nahtlos,
nie zu Ende denken können,
aber ein wenig schmecken dürfen.

Eine köstlichere Speise
gibt es nicht!

✱✱✱

Verbrannter Abend

Der verbrannte Abend
in Asche getaucht,
die Glut leuchtet hoch
unser Leben ist verbraucht -
oder nicht?

Flackert doch noch mal auf
das Lebenslicht?
Wir wollen nicht,
dass es erlischt.

Und so mobilisieren
wir alle Kraft
jenseits der Asche
und schauen hinaus
auf den neuen Tag,

der sich leise erhebt
aus seinem Schlaf
und uns hoffen lässt
nach der verbrannten Nacht
auf einen sonnigen Tag.

***

Vis-à-Vis

Vernunft trifft Glauben

Können Glauben und Vernunft
zusammen gehen
oder bleibt einer von beiden
im Regen stehen?

Müssen sie Gegensätze sein
oder können sie sich
eines Ursprungs erfreun?

Hat die Vernunft etwas
mit der Wahrheit gemein,
wenn ihr so Sein
sich will am Guten erfreun,

die Klugheit bedenken,
Gerechtigkeit lenken,
die Tapferkeit ergründen,
das rechte Maß
im Leben finden.

Gab Er uns nicht den Geist
zum Denken?
Warum sollte dann
die Vernunft uns lenken
weg vom Glauben,
den Er uns gibt.

Müssen beide sich nicht neu erfinden,
und ihren Sinn auf Ihn hin ergründen?

✶✶✶

Vor dem Tabernakel

Oh Jesus –
es ist so still,
so schön bei Dir
vor dem Tabernakel hier.

Du ziehst mich an,
nimmst mich in Deinen Bann,
so dass ich nicht anders kann
als hier zu bleiben,
bei Dir zu verweilen,
anstatt in die Welt zu eilen.

Nein –
hier senkst Du Dich mir
tief in mein Herz.

Ich höre nichts
und doch -
vernehm ich
Dein Wort.

Tief innen in mir
berührst Du meine Seele,
so dass es mir
an Nichts mehr fehle.

***

Wahrheit

Was ist Wahrheit?
Was jeder individuell
als wahr erkennt –
ist das Wahrheit?

Ist Wahrheit das – was ist?
Aber sieht das was ist
nicht jeder anders?

Also ist Wahrheit
nicht individuell zu sehen,
denn sonst
ließe sie uns im Regen stehen.

Wir könnten nicht mehr
mit ihr gehen,
weil fest verankert
in uns das Gesetz präzise,
wahr und unwahr erkennen
und deshalb unterscheiden lässt.

Wir wissen genau
um die Wahrheit in uns
und sollten uns ihr stellen.

Sie zeigt sich freundlich
und einladend zugleich
und will uns führen
in ihr Wahrheitsreich.

Doch sind wir in
unserer Entscheidung frei
und dürfen uns entschließen
ständig neu.

***

Weisheit

Die Weisheit baut ihr Zelt
nur in der Stille auf.
Sie ist im Innern
des Herzens zu Hause.

Gelenkt von der leisen Stimme
wird sie gern überhört,
denn der Lärm der Welt
sie oft übertönt.

Auch klingt ihr
Angebot bescheiden,
weil sie so gar nicht
ein Kind der Zeit.

Mehr weltfern –
so denken wir,
will sie uns führen.
Wir sollen jenseits von
Raum und Zeit agieren.

Doch das ist ein Irrtum,
denn gerade sie
weiß die Welt genau
und ist sie nicht ihr Überbau?

Hält sie sie nicht in ihrer Hand
und bestimmt ihr am Ende das Ende;
um sie dann neu und schön
zu formen nach ihrem Plan?

So ist es klug und weise,
ihrer leisen Stimme nachzuhorchen,
denn die Weisheit
ist ein großes Geschenk.

Sie lässt sich nicht erlernen
und darum nicht erwerben
wie die Wissenschaft.

Nein –
sie will demütig erbetet
und erbittet werden,
denn der Heilige Geist
allein ist es,
der sie lässt zu uns ein.

So klopft sie ganz leise
an unsere Herzenstür,
werden wir öffnen ihr?

***

Weite

Du liegst am Strand
und hörst das Rauschen der Wellen.
Du siehst die Weite des Meeres
und möchtest diese Weite
nie mehr lassen,
nie mehr Dein Leben
in eine Grenze fassen,

Deinem Alltag Weite geben,
umgestalten künftig Dein Leben.
Es aus der Fassung heben,
heraus aus der Enge treten,
ihm neuen Schwung verleihen,

Deine Träume realisieren
und keine Zeit mehr verlieren
zur Grenzziehung des Lebens,
Dir einen Neuanfang schenken.

Den Blick großzügig lenken
auf das, was Dich erfreut
und sich öffnet zu Dir hin
und so –

Dir schenkt neue Kraft
von Dir weg –
hin zum Du –
zum Lebenssinn.

***

Wien

Wien – Du Stadt meiner Träume.
Ich habe Heimweh nach Dir,
auch wenn ich selten hier,
gilt meine Liebe Dir
und Deinen herrlichen Cafés,

dem Stephansdom,
der Oper und der Historie,
von fern grüßt Mozart
mit seiner grandiosen Melodie.

Auch Goethe blickt mich weise an
sehr gut ich mich an Werther
erinnern kann.

Das ganze Flair der Stadt
zieht mein Herz in seinen Bann.
So komm ich gern wieder,
sobald ich kann.

***

Willem Alexander & Maxima

Was für ein Paar!
Es erobert die Herzen im Sturm.
Die Königskrone erstrahlt in neuem Glanz.

Fest steht die Monarchie,
denn die beiden werden geliebt vom Volk.
Und diese Liebe kann Nichts übertreffen – nie!

Und so feiert fröhlich
eine ganze Nation
lang möge er glänzen,
der Königsthron.

Alle jubeln
von fern und von nah,
es lebe hoch –
unser geliebtes Königspaar
Willem Alexander & Maxima!

***

Zweckpessimist

Was ist ein Zweckpessimist?
Ist er ein Pessimist
aus naheliegenden Gründen,
der ständig sucht die Fehlerquelle
trotzdem sie sich nicht lässt finden?

Gewiss er muss nicht lange suchen,
um neue Fehler zu entdecken,
denn unvollkommen ist unsere Welt.

Wie sollte es auch anders ein?
Wer lässt sich schon auf Hoffnung ein?
Nein lieber schaut er traurig drein
und ist enttäuscht von dieser Welt,
die scheinbar nur der Makel
zusammenhält.

So scheint der Zweckpessimist im Recht
und hält der Negation die Treu.
Jedoch der Optimist,
der die Probleme löst,
erfindet sich immer neu,
weil er trennt
vom Weizen die Spreu.

✳✳✳

Zwiebelgesicht

Du glaubst es nicht,
aber es gibt es –
das Zwiebelgesicht,
denn ein Lächeln
kennt es nicht.

Schau Dich nur um,
überall begegnet es,
immer meckert es herum.
Zufriedenheit,
die kennt es nicht.

Nichts – ist ihm gut genug.
Alles – kann es noch viel besser.
Doch anpacken, regeln, tut es nicht,
denn dann verlöre es sein Gesicht

und müsste schmerzvoll lernen dann,
dass es auch Fehler machen kann,
dass niemand ganz vollkommen ist
und es nichts nutzt –
das Zwiebelgesicht.

✳✳✳

Autorenspiegel

Anna Roth, geb. in Köln.

Die in der Nähe von Bonn lebende Autorin ist Dipl.-Theologin, verheiratet, Mutter von fünf Kindern; außerdem hat sie sieben Enkelkinder. Sie studierte katholische Theologie in Bonn, Vallendar und Sankt Augustin. Der Schwerpunkt ihrer Autorentätigkeit liegt bei der Mariologie und der Lyrik.

Außerdem verfasst sie mariologische Publikationen in diversen Zeitschriften.

Sie hält Vorträge im K-TV Fernsehen und Autorenlesungen oft im eigenen Hause. Seit 2013 finden dort Lesungen und Vorträge unter dem Titel: **„Literatursofa"** statt.

Sendereihen im K-TV Fernsehen:
MARIA Immaculata conceptio:3 Teile
MARIA Assumpta:3 Teile
FATIMA Aktuell:6 Teile
FATIMA und die Barmherzigkeit Gottes: 4 Teile

Auftritte
K-TV Fernsehen: 2008 – 2010, 2013

Deutsches Literaturfernsehen: 2010-2013

Autorenlesungen

Buchmesse Frankfurt	2011
Buchmesse Frankfurt	2012
Buchmesse Frankfurt	2013
Buchmesse Leipzig	2012
Buchmesse Wien	2012
Buchmesse Karlsruhe	2013

Lesungen und Vorträge im Hause Roth

2012:

Lesungen: **Rosenduft der Liebe, Bd. 1**

Lesungen: **Rosenduft der Liebe, Bd. 2**

2013:

Vorträge:

Literatursofa: Die End-Entscheidung

MARIA - auch Deine Mutter

LITERATUR: FATIMA JETZT; Teil 1

LITERATUR: FATIMA JETZT; Teil 2

Tod trifft Leben - Was geschieht mit uns nach dem Tod?

Einträge:

Deutsches Schriftstellerlexikon 2010/2011

Publikationen:

Kirche Heute

Mariologisches

FATIMA Weltapostolat

Gedicht „Weihnacht" in: Gedicht und Gesellschaft 2010, Brentano-Gesellschaft, Frankfurt 2009

4 Gedichte in: Neue Literatur, Anthologie, August von Goethe Literaturverlag, Frankfurt 2010

Kontakt:

www.anna-roth.com

Notizen:

Über tredition

Der tredition Verlag wurde 2006 in Hamburg gegründet. Seitdem hat tredition Hunderte von Büchern veröffentlicht. Autoren können in wenigen leichten Schritten print-Books, e-Books und audio-Books publizieren. Der Verlag hat das Ziel, die beste und fairste Veröffentlichungsmöglichkeit für Autoren zu bieten.

tredition wurde mit der Erkenntnis gegründet, dass nur etwa jedes 200. bei Verlagen eingereichte Manuskript veröffentlicht wird. Dabei hat jedes Buch seinen Markt, also seine Leser. tredition sorgt dafür, dass für jedes Buch die Leserschaft auch erreicht wird

Autoren können das einzigartige Literatur-Netzwerk von tredition nutzen. Hier bieten zahlreiche Literatur-Partner (das sind Lektoren, Übersetzer, Hörbuchsprecher und Illustratoren) ihre Dienstleistung an, um Manuskripte zu verbessern oder die Vielfalt zu erhöhen. Autoren vereinbaren unabhängig von tredition mit Literatur-Partnern die Konditionen ihrer Zusammenarbeit und können gemeinsam am Erfolg des Buches partizipieren.

Das gesamte Verlagsprogramm von tredition ist bei allen stationären Buchhandlungen und Online-Buchhändlern wie z. B. Amazon erhältlich. e-Books stehen bei den führenden Online-Portalen (z. B. iBookstore von Apple) zum Verkauf.

Seit 2009 bietet tredition sein Verlagskonzept auch als sogenanntes "White-Label" an. Das bedeutet, dass andere Personen oder Institutionen risikofrei und unkompliziert selbst zum Herausgeber von Büchern und Buchreihen unter eigener Marke werden können.

Mittlerweile zählen zahlreiche renommierte Unternehmen, Zeitschriften-, Zeitungs- und Buchverlage, Universitäten, Forschungseinrichtungen, Unternehmensberatungen zu den Kunden von tredition. Unter www.tredition-corporate.de bietet tredition vielfältige weitere Verlagsleistungen speziell für Geschäftskunden an.

tredition wurde mit mehreren Innovationspreisen ausgezeichnet, u. a. Webfuture Award und Innovationspreis der Buch-Digitale.

tredition ist Mitglied im Börsenverein des Deutschen Buchhandels.

Zeitfracht Medien GmbH
Ferdinand-Jühlke-Straße 7
99095 Erfurt, Deutschland
produktsicherheit@kolibri360.de